Sarah
im Frühling

Abbildungen von Lena
Text von Gisela Wilhelm-Türk

Hemma

Heute ist der erste schöne Frühlingstag für Sarah. Der Gärtner ist gekommen, um im Garten zu arbeiten. Er hat einen Korb voller Dünger mitgebracht. Das ist gute Pflanzennahrung.
Die Kinder Sarah und Peter mögen den Gärtner, weil er immer so lustig ist und ihnen viel im Garten erklärt. Er sagt ihnen, wie die Blumen heissen, wann sie blühen und wie man sie pflegen muß, wenn man viel Freude an ihnen haben möchte. Sarah hat die ersten Blumen gepflückt, weil sie den Frühling auch ins Haus bringen will.
Peter hat dem Gärtner den Schubkarren geklaut und macht mit Hund Timmy eine Gartentour. Timmy ist ganz begeistert von dem rasenden Tempo. Endlich ist Frühling und schönes Wetter. Jetzt können sie wieder im Garten spielen. Ob Timmy in diesem Frühjahr noch einmal so viele Löcher buddeln wird wie im letzten Jahr?

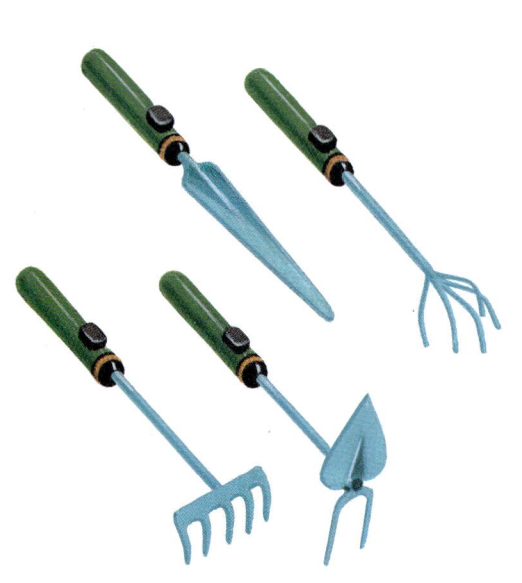

Mit dem spitzen Handspaten kommt man tief in die Erde, wenn man Blumenzwiebeln setzen will. Mit der Spinnenfussharke entfernt man die Laubreste vom letzten Herbst, und mit der starken Harke lockert man den Boden im Blumenbeet auf, damit die Pflanzen Luft bekommen und das Wasser an die Wurzeln gelangen kann. Sind die Zwiebeln gesetzt, ist der Boden gelockert, ist man froh.

Die ganze Familie ist heute im Garten, weil die Sonne scheint. Die Wäsche kann gut draussen trocknen, der Zaun kann endlich gestrichen werden. Aber was macht Peter? Er hat nicht aufgepasst und den Ball auf den Farbeimer gekickt! Vater hat es noch nicht gesehen, denn er schaut sich wie Mutter und Sarah das Vogelnest an, in dem drei kleine Vögel hungrig schreien.

Kater Bruno ist sehr interessiert an den neuen Hausgenossen und überlegt schon, wie er sie fangen kann. Katzen sind ganz listige Vogelfänger. Aber die ganze Familie wird aufpassen, dass er nicht auf den Baum klettert und die Vögel frisst. Timmy macht sich aus Vögeln nicht viel, er spielt lieber Ball mit Peter. Aber der Ball ist voller gelber, klebriger Farbe! Wie bekommt man die wieder ab? Und Vater wird böse sein auf Peter. So ein Eimer Farbe ist nämlich ganz schön teuer.

Im Frühling bauen die Vögel ihre Nester. Sie sammeln kleine Zweige und stecken sie so zusammen, dass ein rundes, weiches Nest entsteht. Meistens bauen sie ihr Nest in der Astgabel eines Baumes. Aber immer suchen sie einen geschützten Platz für ihr Nest. Hier liegen hellgrüne Eier mit schwarzen Punkten im Nest und auch ein rotes Ei. Ein Kuckuck hat sein Ei dazugelegt, damit unsere Vögel es für ihn ausbrüten. Ganz schlau!

Hier siehst du einen Blütenzweig aus unserem Garten. Du wunderst dich, dass so viele Blüten und so wenig Blätter am Zweig sind? Bei den Obstbäumen und Frühjahrssträuchern ist das so. Erst kommen die Blüten und danach die Blätter! Deswegen sehen die Kirschbäume und die Apfelbäume im Frühling wie ein grosses Blütenmeer aus. Wenn die Blüten verwelken, kommen die frischen, hellgrünen Blätter heraus.

Manchmal gehen die Kinder in den Stadtpark, weil sie dort auch schön spielen können und andere Leute treffen. Heute haben sie sogar Hund Timmy mitgenommen, und der rennt dann auch wie ein Wilder mit Peter durch den Park. Näturlich möchte er an Peters Ball kommen. Ob ihm das gelingen wird?

Sarah ist sauer auf die beiden, weil sie immer so wild herumtoben.

Sie hat sich von ihrem Taschengeld einen Luftballon gekauft, denn sie wusste, dass im Frühjahr immer ein Mann am Parktor steht, der Luftballons verkauft. Sarah ist ganz glücklich über den Luftballon. Erst wusste sie ja nicht, welche Farbe sie nehmen sollte. Nehme ich einen blauen, einen roten oder einen gelben Luftballon? Aber dann gefiel ihr plötzlich der pinkfarbene am besten. Pink ist ein Farbe zwischen rosa, rot und lila. So eine richtige Mischung!

Sarah und Peter suchen die Ostereier, die im Garten versteckt sind. Sie liegen hinter den Büschen, unter den Sträuchern und zwischen den Blumen. Timmy ist ganz begeistert über das Eiersuchen. Ihm hilft natürlich die feine Hundenase beim Aufspüren der Eier. Und da er sowieso ein ganz vernaschter Hund ist, findet er zuerst einmal das grosse Schokoladenei.

Aber, oh Graus, es ist mit einer Schleife zusammengebunden! Wie bekommt man die auf? Er will doch an die Süssigkeiten, er riecht sie doch schon! Ratsch, ratsch reisst der schlaue Hund die Schleife mit den Zähnen auf. Aber Sarah hat ihn gesehen und will ihm das grosse Schokoladenei noch rechtzeitig entreissen, denn der süsse Inhalt ist gewiss nicht für Timmy bestimmt. «Timmy, hör auf. Lass das Ei, es ist nicht für dich!» Sie muss schnell zu Timmy laufen, um das Ei zu retten. Die Eltern lachen über den schlauen Hund.

Ostereier gehören zum Frühjahr. Um diese Jahreszeit legen die Hühner gewöhnlich besonders viele Eier. Nicht nur der Bauer freut sich darüber, sondern alle, die gern zum Frühstück ein frisches Ei essen. Aus lauter Freude über die vielen Eier entstand die Sitte, Eier zu bemalen und zu verstecken. Dass macht viel Spass! Du kannst die Eier mit Eierfarben bemalen, nachdem du sie vorher hart gekocht oder ausgeblasen hast. Versuch es!

Der Marienkäfer hat rote Deckflügel mit schwarzen Punkten, sechs Beine, zwei Augen und zwei Fühler. In vielen Ländern gilt der Marienkäfer als Glücksbringer! Der Gartenfreund hat den hübschen, fliegenden Käfer besonders gern, weil er sich von Blattläusen ernährt. Er frisst auch andere Schädlinge, zum Beispiel Milben und Schildläuse, die unsere Pflanzen zerstören.

Sarah hat zum Geburtstag ein Fahrrad bekommen und freut sich, dass sie bei dem schönen Frühlingswetter nun endlich eine grössere Radtour machen kann. Darauf hatte sie sich schon so lange gefreut! Heute ist es nun so weit! Peter kann noch nicht radfahren und setzt sich deshalb auf den Gepäckträger.

Der arme Timmy muss neben dem Fahrrad herrennen und sehen, dass er bei den Kindern bleibt. Dem armen Kerl hängt schon die Zunge aus dem Hals, denn Sarah fährt ganz schön schnell. Aber gleich wird sie langsamer fahren oder sogar anhalten, damit Timmy verschnaufen kann. Während Timmy sich ausruht, kann Sarah einen Strauss Frühlingsblumen pflücken. Aber wie soll sie den Strauss halten und gleichzeitig radfahren? Peter will ihn halten mit einer Hand. «Hilfe, dann fällst du runter. Wenn es bergab geht, musst du dich mit beiden Händen gut festhalten!»

Wie der Name schon sagt, blüht das Maiglöckchen im Mai und ist eine Blume mit glockenförmigen Blüten. Kennst du den süsslichen Duft der Maiglöckchen? Wenn du ihn einmal bewusst wahrgenommen hast, vergisst du ihn ganz bestimmt nie wieder.
Die getrockneten Blüten werden gern für die Herstellung von Parfüm verwendet. Der Duft ist sehr stark und unverwechselbar.
Das Maiglöckchen ist auch ein Glücksbringer.

Im Mai ist es manchmal schon so schön warm, dass man es wagen kann, ein Picknick im Wald zu machen. Sarah, Peter und die Eltern sind schon nach dem Frühstück aufgebrochen und haben einen Picknickkorb mit Broten, Obst und Getränken mitgenommen. Vater musste den ziemlich schweren Korb den ganzen Weg tragen, was die Kinder ganz normal fanden. «Du wirst ja auch am meisten essen!» Das stimmt zwar nicht immer, aber heute hat es Vater in der frischen Luft ganz besonders gut geschmeckt. «Ein kleines Nickerchen nach dem Essen tut gut!» Damit ist auch Timmy einverstanden und benutzt Vater als Kopfkissen. Lange werden Vater und Hund wohl nicht friedlich schlafen können. Hast du gesehen, was Peter macht? Er will Vater mit dem Zweig kitzeln!!!
Keiner hat bisher die Maus entdeckt, die auf Krümel oder Käsereste lauert. Kriecht sie gleich wieder in ihr Loch zurück?

Im Frühjahr fährt Sarah immer wieder zum Bauernhof, um sich die kleinen Küken anzusehen. Sie darf ihnen auch Körner geben. Ihre Mutter geht dann in die Milchstube und kauft bei der Bäuerin ein. Sarah muss erst einmal über den Hof laufen und alle Tiere sehen. Viele kennt sie vom letzten Jahr noch und ruft sie mit ihrem Namen. Ihre Lieblingskuh heisst Mina, die Gänse hören auf Leo und Zappa. Die Katze heisst Trolli. Sie schaut mit Peter in die Milchkanne. Wie gerne würde sie einen Schluck frische Milch trinken. Aber das darf sie nicht, denn der Bauer braucht die Milch in der Kanne für seinen Käse und seine Butter. Trolli hat einen eigenen Napf und bekommt immer eine Portion, wenn gemolken wird. Aber sie ist eine Naschkatze. Peter muss aufpassen, dass sie nicht an die Milch kommt.

Mina kommt gerade fröhlich von der Weide und soll im Stall gemolken werden.

Sarah fährt gern zum Bauernhof, um dort frische Landeier und selbstgemachte Butter zu kaufen. Käse gibt es dort aus eigener Herstellung.
Milch holt sie dort natürlich auch. Manchmal ist die Milch noch ganz warm. Sie schmeckt ganz warm, weil die Kühe gerade erst gemolken wurden. Obst und Gemüse verkauft der Bauer auch. Weintrauben und Äpfel gibt es aber erst im Herbst. Darauf freut sich Sarah besonders.

Hinter dem Bauernhof ist ein kleiner Bach, aus dem die Kühe trinken, wenn sie auf der Weide sind. Der Bauer ist froh über ihn, denn so sind seine Tiere auf einfache Weise mit Wasser versorgt.
Sarah, Peter und Timmy lieben den Bach, weil sie dort so schön spielen können. Sie ziehen Schuhe und Strümpfe aus und hopsen im Wasser herum. Timmy natürlich nicht, denn er ist wasserscheu.
Peter kann es wieder einmal nicht lassen und wirft Steine ins Wasser, dass es nur so spritzt. Timmy findet das nicht gerade gut, aber Sarah lacht, obwohl sie dabei von oben bis unten nass wird. Bei so warmem Wetter trocknen die Kleider schnell. Wie kann man denn nur so dumm sein und freiwillig ins Wasser gehen, denkt Timmy. Die Kinder könnten doch mit ihm über die Wiesen laufen. Das wäre viel schöner. Vor allen Dingen würde dann niemand nass, und lustiger wäre das auch.

Die Libellen gehören zu den fliegenden Insekten und leben in der Nähe des Wassers. Sie haben einen ziemlich grossen Kopf, schmale und lange Flügel in bunten Farben. Ausserdem haben sie sechs dünne Beinchen. Libellen sehen hübsch aus, sind aber angriffslustige Tiere. Als Mensch braucht man aber keine Angst vor ihnen zu haben, denn sie stechen und beissen nicht. Aber etwas unheimlich sind sie doch, wenn sie so stürmisch fliegen.

Donnerstag ist Markttag. Unter den Bäumen auf dem Marktplatz werden schon am frühen Morgen die Markstände aufgebaut und die Waren angeliefert. Es wird dort viel Obst und Gemüse angeboten. Sarah kauft gern auf dem Markt. Am liebsten geht sie zu dem Mann mit dem Zwirbelbart und dem lustigen Strohhut. Er ist Italiener und redet die Mutter immer mit «Signora» an. Ausserdem gibt er den Hausfrauen immer gutgemeinte Ratschläge. Seine Tomaten sind Superklasse. Dazu soll Mutter Mozzarella, Basilikum und Olivenöl kaufen und der Familie zum Abendessen einen feinen Salat anbieten.

Peter geht gern mit auf den Markt, weil er dort Freunde treffen kann. Timmy hat den gleichen Grund wie Peter. Vielleicht nicht ganz, denn er möchte Freundinnen treffen. Aber die weisse Dame ist wohl etwas hochnäsig. Ob sie Timmy wohl einmal schnuppern lässt?

Einmal in der Woche ist Markt auf dem Marktplatz. Bauern aus der Umgebung und fahrende Händler kommen, um ihre Ware zu verkaufen. Zwiebeln, Tomaten und Pilze gehören zu den Gemüsesorten, die wir an jedem Markttag kaufen. Aber wie ist es möglich, dass wir fast jedes Obst und Gemüse zu jeder Jahreszeit kaufen können? Es stammt oft aus Ländern, in denen diese Sorten gerade wachsen, und die schicken uns ihre Produkte.

Sommerferien! Die Schule ist aus! Sarah wirft vor Freude ihre Schulmappe in die Luft. Mit ihrem Bruder Peter läuft sie schnell nach Hause. Jetzt werden sie erst einmal ein paar Tage richtig spielen und dann die Koffer packen. Eine Reise ans Meer steht auf dem Programm. Die ganze Familie wird verreisen, und sogar Hund Timmy darf diesmal mit. Nur Kater Bruno bleibt daheim, er kann das Autofahren überhaupt nicht vertragen.